吉田叡隆
詩集

にんげん曼荼羅

吉田叡隆詩集　にんげん曼荼羅

＊

目　次

さすらい

東北に祈る

にんげん曼荼羅《まんだら》

吉田叡隆詩集　にんげん曼荼羅

さすらい

ノスタルジー

箕面の山腹から眺めて
七十余年
かつて
遥かに生駒山脈が霞み
大阪湾が光っていた

眼下に
春は
蓮華畑と菜の花が
夏は
水田が広がり
秋は
金色の田が波打った

電車の線路がゆるくカーブし
駅前の
大きな藤棚には
五月に
何十もの花が垂れた
その向こうに
洋館の郵便局があった
東に向かって
桜のトンネルが続いていた

高いものは
火の見櫓《やぐら》の半鐘だけで
夜は
駅の光だけが
耿々《こうこう》としていた

墨絵の中

窓の外に
雪が降っている
もみじの古木は
梢の先まで花が咲いた
満開の花と
墨絵の景色
風もなく
雪は積もる

橋の欄干は
白い帽子を被《かぶ》った地蔵のように
向かい合って
八地蔵となった

道は
濘《ぬか》るんで
車の轍《わだち》だけが
黒く延びている

静かに雪が降る
静かに雪が積もる

谷川の卑弥呼《ひみこ》

前の
深い谷川に
それは　それは
綺麗な緋鯉がいる

夏は
深い流れの中をゆっくり
冬は
岩影の淵で動かず

散歩の人たちが
毎日覗き込む
姿を見つけては

安心したように立ち去る

彼女はいつか
誰かに
この川へ放たれた

私は
雌の緋鯉と思い込んでいる
彼女に
彼氏はいない
私は
「卑弥呼」と名付けている

大水の時は心配でならない
散歩の人たちも
濁った川を

いつまでも眺《のぞ》く

水がひき
濁りが消え
彼女の姿を見つけると
笑《えみ》を浮かべ
安心して立ち去っていく

やはり
彼女は
谷川の「卑弥呼」だ

大正ロマン

木立の向こう
時計台のある校舎から
陽の傾く前
いつも
ピアノと
女学生の歌が聞こえる

木々のざわめきに
ピアノと歌声は
少しの間消されるが
小さく
大きく
風に流れるように

今日も
聞こえている

日本のどこかに
こんなところを
訪ねてみたい
そして
草に座って
中折れ帽を被《かぶ》り
ステッキを
側《そば》に置いて
葉巻を
ゆっくり燻《く》ゆらす
老紳士になってみたい

ロマンと

郷愁の中に浸ってみたい

そばを
白い子犬を連れた親子が
ビスケットを食べながら
歩いていくのが見てみたい

さすらい

空に月
野に花
花に蝶
水に魚
光に風
友に酒
人に情

そんな幻を尋ね
今日も
私の心はさすらう

犬もどき

着飾った
おばさんの胸に抱かれ
猫のように
コアラのように
鳴きもしないで
目だけはクリクリした
可愛い犬がいた

リボンを結ばれ
小さな鈴をつけ
綺麗に散髪された
可愛い犬がいた

服を着て
カン高く鳴きながら
人の足元をチョコチョコ歩く
可愛い犬がいた

冷暖房のきいた部屋で
綺麗なガラスの食器で
乾いたエサを食べる
可愛い犬がいた

たしかに
犬には違いない
違いはないのだが

ファシズム

酔っぱらって
道端で寝る人
大声で騒ぎ出す人
絡《から》んで喧嘩を売る人
セクハラに及ぶ人
所かまわず吐く人
意識を失い搬送される人
はては
車で人をはねる人
家族を顧みず飲みまわる人
アル中でボロボロになる人

なんと酒は

迷惑をかけ
害を及ぼし
警察にまで厄介になる
酒に係わる犯罪の多さ
しかし
酒は大手を振って歩く

大いに結構
楽しく飲んで
語らって
明日の活力になれば

それに比べ
タバコのなんと肩身の狭さ
禁煙場所の多さ
値上がりのひどさ

害だ　害だと言われること
山中や無人駅まで禁煙

タバコで家を顧みず
警察の厄介になったり
犯罪を犯した人は？

火の不始末やボヤ
煙と臭いの嫌な人
それだけのことで
この仕打ち

喫煙者は
大人しい人たち
社会の片隅で
慎ましく火をつける

弱者で
紳士で
人が良くて
言われるままに
何の反撃もなく
高い税金を払う

もういいだろう
目くじらを立てるのは
もういいだろう
攻撃ばかりするのは

もう　やめよう

「黒旗」を掲げ
「神は偉大なり」
蛮行も教え
自らの信じる教徒からも
白眼視される

人は似たようなことを
繰り返し
繰り返し
生きねばならないのか

遠くもない過去に
私たちの素朴に祈った神は

国家神道の神として
「日章旗」と共に世界へ出た
コタンに祭られた神々は消え
太陽を仰いだ信仰も
トーテムポールも
「星条旗」に征服された
敬虔な祈りも
「カギ十字」の旗に殺戮された
娘たちは「十字軍」の兵士に犯された
善良な市民も「阿片」に倒れた

聖地は壊され
祈りの建物は焼かれ
遺跡となり廃墟となった

常に「旗」と「信仰」のもと

破壊と殺戮は繰り返され
武器と経済と
核の抑止力の中で
ヒューマニズムと文化と
正義が唱えられる

愚かではないか
歴史の中で繰り返し　繰り返し
学んだではないか

もう　やめよう
お互いに
理屈をつけた
殺戮や報復は
反撃や偏見は

愚かなことはもう　やめよう
「旗」も「祈り」も本当のものにしよう
理性と
冷静さで

花咲か爺さん

谷川の音を耳に
雑木を切った
太いものは梃子《てこ》に合わぬ
握れるほどの樫や椎
名も知らぬ常緑樹を倒す

突然
見事な岩が現れたり
太陽を求めて
ひょろひょろと伸びた
楓が現れる
花を付けたことがない
椿が現れる

貧弱な躑躅《つつじ》が現れる

険しい谷で
雑木に覆われながら
か細く育った躑躅や椿
宝物を見つけたようで
嬉しさと
愛しさと
例えようのない
悦び

やがては
大きく育つだろう
来年は
きっと花が咲く

東北に祈る

生と死

沖の津波に
突っ込んで行った漁船
水中で我が子を抱きしめた人
屋根の上で漂流した人
車の中で流された人
屋上から手を振った人
流木にしがみついた人
丘の上へ走りついた人

危機を乗り切った人たち
生死を分けた瞬間

そして

まだ見つからぬ
多くの人たち

防護服

白い防護服の
前に　水色の十字
後に　水色の十字

白い服は
死出の衣装か
水色の十字は
祈りの印か

見えぬ放射能の中
ゆっくり彷《さま》う人達
廃墟の建屋
水色の十字架を背負って

作業員が今日も彷う

東北の人

あの時
寒空の下《もと》で
支援物資に
静かに並んでいた

自衛隊や
ボランティアの炊き出しに
静かに並んでいた

一杯のうどんに
一つの握り飯に
頭を下げ
礼を言っていた

その映像に
世界は驚き
素朴で
冷静な人柄に
日本人のすばらしさに

それは
東北の人たちであったから
あの人たちは
今日もあの時と同じように
皆に礼を言い
日常を淡々と生きる

あの時のことを
訥々《とつとつ》と話しながら

波の墓標

押し寄せる津波を前に
避難誘導で仁王立ちだった警察官
古い半鐘を叩き続けた元消防団員
生徒を捜しに行った先生
患者を見守り続けた看護師
防潮壁を閉めに行った青年

彼らは
彼らの行いは
時間と共に薄れ
忘れ去られようとする

瞬時の

人としての

テレビの前で涙した
新聞を見て涙した
忘れてはならない
尊い人たちがいたことを

荒涼

何日も人通りが途絶えた街に
雪が舞う
風が泣く
海が響く
空が黒い

「双葉」と名付けられた
希望の町の
賑わった商店街
「原子力　明るい未来のエネルギー」
横断幕だけが
空しく風になびく

廃墟となった家々と
荒地となった田畑に
枯草だけが風になびき
猪が動いている

風の葬送

消防団員の遺体があがり
砂浜も田畑も
瓦礫に覆われている

老婆がひとり
嗚咽《おえつ》に耐えている
少女がひとり
両手で顔を覆っている
漁師がひとり
手を合わせている
老人がひとり
佇《たたず》んでいる
少年がひとり

帽子をとって見送った
わずかに
風の音だけが聞こえた

家の跡

瓦礫の
少しずつ　少しずつ片付けられる
宅地だった片隅に
水仙が二輪咲いている

海を見通せるようになった
宅地跡
コンクリートの割れ目に
緑の草が芽を出している

壊れた漁船の舳先《へさき》に
梅の花と
フリージアが置いてある

何もなかったように
海は青く
静かにトンビが舞っている
何もなかったように
自然は戻りつつあるのに

すき間風

二年という約束の
仮設住宅は
三年を過ぎているのに
大した進展もなく
あちこちに
傷みが出始め
冷たいすき間風が
入り込む

居心地の悪さも
だんだんと慣らされ
日常になって

原発は稼働に向きを変え
東京オリンピックに
夢は脹らむ

この地方は
もう
世間からは
過去のものとされつつ
風化の一途を辿《たど》っている

老人は諦め
若者は去って

線量計だけが
無意味に数字を示す

移ろい

二五〇〇人を越える人たちは
いまだ行方不明のままで

親を失った子供たちは
寂しさと
悲しみを胸に
慣れない家から
それぞれの学校へ通い

子を失った親たちは
寂しさと
悲しみを胸に
慣れない家から

それぞれの仕事に向かう

部屋に飾られた
写真だけが
思い出の残像を留め
あの日のことは
徐々に
徐々に
過去のものとなって
時は動いていく

痛みのある人も
痛みのない人も
時の移ろいの中で
人間の営みの中で
風化され

過ぎ去ったものとして
語られていく

舳《へ》先《さき》の父

打ち上げられた流木や瓦礫
その向こうの電線に
一本の突きん棒が引っ掛かっていた

「気仙沼」の沖に
ある時季
ある海域に
浮いて来るメカジキを求め
彼は
幼な友達とコンビで
長年
突きん棒漁をやってきた
捕れれば

一匹　十万から三十万になったが
そう捕れるものではなかった
船の油代ばかりが嵩《かさ》み
二人で分けると
大した収入にはならなかった

船を失い
何本かの突きん棒も失った

今年
小学校六年の息子は
その父に憧れ
将来やるのだと
明るくはしゃいだ

父は

中古の突きん棒船を譲り受けた
四年ぶりに出漁した高い見張り台には
やはり
幼な友達が陣取った
メカジキに近づくには
阿吽の呼吸が欠かせなかった

良い日も
悪い日も
寡黙な二人は
淡々と船を走らせる

にんげん曼荼羅《まんだら》

履歴書

小学生の頃は布で作った
手製のボールと
山で切ったバットで
野球ばかりしていた
ベッタンとラムネもよくした
近所隣の上級生や下級生と
束になって遊んだ
勉強した記憶はない

中学はソフトボールと
絵や染色に明け暮れた
金曜日には決まって
自転車の荷台に立ち

電気屋の前でテレビのプロレスを見た
勉強した記憶はない

高校は美しい校舎と
女生徒の制服に憧れ入学した
女子ばかりが優秀で
柔道づけの毎日
朴歯《ほおば》の高下駄を引きずり硬派ぶった
勉強した記憶はない

三年生の時
父の病気と家の事情で
高野山へ転校した
古びた寮で前時代的な日々を送った
柔道部と陸上部
野球部と相撲部を兼ねた

勉強した記憶はない

大学へ進んで驚いた
木造の私塾のような古校舎
学生も教師も個性的だった
膝を交えて四〜五人の授業
学問が面白くなった
学長の老僧に可愛いがられた
魚を焼いては学長宅へ行き
酒を飲みながら
いつまでも話を聞いた
天気の良い日は
教室が移った
瓢箪に酒を入れ
「大門」の横から
「嶽《だけ》弁天」と呼ばれる山へ

高下駄で登った
四方が見渡せる山の上が
ゼミの教室になった
授業に時間の制限はなかった
老学長が酔った頃下山した
楽しかった
皆んな
学長が好きであった
学問が面白くてしょうがなかった

私も　もう
あの頃の学長の齢を
遥かに越えてしまった

少年の日

戦後数年が過ぎた頃
私たち少年には
食べる物は少なく
野や山が
おやつと食材の場だった

まだ寒い頃から
土手や野原で
固い土筆《つくし》を採って帰った
夜に
指先を真黒にして袴を取った
虎杖《いたどり》もいろんな食べ方をした
蕨《わらび》もよく採れたが

好きではなかった

夏には
蜂の子や川魚を取った
枇杷《びわ》の木に登って
熟したものから食べた
山桃の大木に
板や木で
基地を造り
ターザンごっこの合間に
赤い実を口に入れた

秋は毎日が楽しかった
木通《あけび》　郁子《むべ》　柴栗　椎の実
ナツハゼの実で口を真赤にした
松茸なら幾らでも採れた

冬は
薮椿の花の蜜を吸った
雪の日は
赤い南天や万両の実を撒いて
カワラヒワやヒヨドリを取った

家には遊ぶものも
食べるものもなかったが
野や山には幾らでもあった

貧しいとも
悲しいとも
辛いとも思ったことはなかった
仲間はいたし
工夫した遊びは幾らでもあった

今
野や山に
少年たちは見えない

私たちは
幸せだった
恵まれていた
毎日が楽しかった

そうして
自然への
知識と畏敬が
今日に残った

時代おくれ

私のことを人は
超アナログと言う

機械　電気と名がつけば
まず　拒否反応がある
運転免許はない
カメラはコンパクトがやっと
携帯は聞くのみ
メールも全然
ＩＨ《アイエッチ》は不安で怖い
パソコンも全く

テレビのリモコンも

エアコンのリモコンも
眉をしかめて大変
IT《アイティ》なんて
どこの世界の
何のことやら
雲か霞

みんな便利と言う
否定はしない

しかし
私は特に不便な生活をしてはいない
自転車は乗れるし
字も書ける
話も出来るし
目も見える

ものの善悪も
人の良し悪しも
自然の美しさも
芸術のすばらしさも
人の温かさも

それ以上何がいる
馬鹿にするならすればよい

吾唯足るを知る
日々是好日なり

葉蘭に夕立

うちに困ったおばさんが居ます
人前では無茶苦茶張り切るんです
後でフラフラになるんです
付けは私に来るんです

元々　体力が無いんです
そんなに熱《いき》らないで欲しいんです
付けは必ず私に来るんです

初対面の人には懇切丁寧なんです
だから人は褒めるんです
精一杯しゃべるんです
話が長いんです

声が大きいんです
早口なんです

人はマシンガントークと言います
本人も多少解っているんです
どうにも止まらないんです
だから疲れるんです
付けは私に来るんです

私もフラフラになるんです
それを言うと怒るんです
だから
好きなようにさせるんです
二人でフラフラになるんです

枯淡へ

絵を描けば見事に描きたい
字を書けば達筆に
歌を歌えば
話をすれば
花を活ければ
服を着れば
人に逢えば

なんと肩に力の入ったこと
この街《てら》いは
まだ若いのか
見栄張りなのか
エネルギーがあり過ぎるのか

褒めて欲しいのか
「そろそろ淡々とやろう」
言い聞かせるのに
やはり
衒いが顔を出す

山男の歌

原発なんて糞喰え
電気あるから使うのさ
無けりゃ無いよう暮らすだけ

「役の行者」の流れくむ
おいら箕面の山男

空が白めば寝床出て
お陽さま沈めば床に就く

春は山菜採りあさり
夏は河原で魚取り
秋は木の実と茸子《きのこ》狩り

冬は貯えで冬籠り

水は川水濾過《ろか》をして
山で枯木を集め来て
焼いたり煮たり自在です

空は青いし
空気はうまい
おいら箕面の山男

修行道場

「修行」とは何なのか
料理や芸能
学問や武道
伝統的な技の職人が
若い間に何かを求め
懸命に励む

佛道では
禁欲的で苛酷な
自虐行為や抑圧行為
その中での自己陶酔も含め
多様に

それは
多者の痛みや苦悩を
代行体験することや
願いや祈りも込め
人格形成や修養を求める

持病のある人
高齢者には向かない

しかし
作家が作品を生み出す苦悩
漁師や農民が味わう苦悩
貧困者が限界の生活を送る苦悩
受験生が日夜味わう苦悩
アスリートが耐え難い練習をする苦悩
難病者の拷問に近い苦悩

そこには
願いや祈りがあるのだが……

血を吐くような行為であっても
「修行」とは言わない

冒瀆《ぼうとく》するつもりはないが
佛道者の「修行」とは
他者へのものだけなのか
人格形成に成っているのか
何かを求められたのか
明鏡止水に至れたのか

今　私は
たわいない道場を見つけ

木を切り
土を運び
石を積み
草をぬき
土を篩《ふる》い
花木を植え
水をやる

苛酷でもなし
自虐的でもなし
自己陶酔でもなし
苦悩する他者への代行でもなし
人格形成でもない

少しは

自慰行為かも知れないが
ささやかな
修行道場と思っているのだが

天真爛漫

間もなく二十八才になる
友人の孫娘

子供の頃はよく遊びに来た
明るく活発で
大のお爺さん子だった
勉強より友だちと走り廻っていた
水泳やピアノ
柔道も習っていた
万引きをして叱られた時
顔をくちゃくちゃにして泣いていた

中学や高校も

相変わらずじっとしていなかった
アルバイトの話があると
どこへでも飛んで行った

短大を出て色々な勤めをした
楽しいことが大好きで
食べることが大好きで
無邪気としか言いようがない
天真爛漫を絵に描いたような娘

近頃　美人になった
口元が魅力的で
鼻すじがとおって
目も大きく背も高い
ハーフに見える時がある
その容貌とプロポーションに反し

やはり
無邪気で天真爛漫

本人は繊細だと言うが
胸の谷間が見える服を着て
装飾品もつけず
薄化粧で闊歩している

神がよい

ヒンズー教の石造遺跡の
そこに刻まれた神々の顔
それによく似た女がいた

心の底を見通すような眼差し
ゆっくりとした話しぶり
落ちついた物腰
まわりに心を配り
弱い者に寄り添い
さりげなく静かに
大きな目で見つめる
お前は神なのか

家族で慎ましい暮らしをし
地位や肩書をきらう

優しい人々の住む島
沖縄に生まれ
その憂いと
悲しみを包む
お前はやはり神なのか

古代から舞い降りたお前には
やはり
ヒンズー教の神が似あう

私の道

何があったのか
母は乳呑児の弟を抱いて
出て行った

私は母に捨てられた

父とその親類は
ことさら私を可愛いがってくれた
幼い私が不憫《ふびん》だったに違いない
父の仕事も順調で
なに不自由なく
まるでお姫さまのような毎日を送った
いくつもの習い事をした

二度も外国留学をさせてくれた
大学も好きなところへ行かせてくれた

父の愛情は痛いほど身に沁みる
再婚もせず
私に賭けたのだろう

しかし
最近よく小言を言う
説教もよくする
なぜかはよく解っている

父の期待どおりには
そんな虹色の
そんな薔薇色の
父も悲しいだろうが

私も悲しい

結婚したい彼がいる
父は認めない
「結婚式は出ない」と言う
本当は
父に一番祝福して欲しい
一番悦んで欲しい
そこで精一杯
心を込めてお礼を言いたい

けれど
父と私の思いは……
やはり　私は
私の道を歩むしかない

仮にそれが茨の道であろうが
それが
私の道なのだろう

父の思いを胸に刻んで
いつか
解ってもらえる日を待って

感性の人

かつて
親しい先輩が
ホロ酔いで
ボソボソと呟《つぶや》いたことがあった

「女の狭い部屋で
一杯の
熱い　熱いコーヒーを飲む
これほど充たされた時はない

長居はいけない
酒も菓子もないのが良い
掃除もいらない

片付けもいらない
澱《よど》んだ空気の中で
暮らしの匂いがあれば
なお良い

そんな時
生きている安堵感に包まれる

しかし
世の女は知らない
掃除して
片付けて
灰皿を磨いて
ガラスのコップに
花一輪

それが
女のささやかな
もてなしのように
女の心得のように

そんな部屋でコーヒーなんて
よそよそしくて
寒々しくて」

彼は酔うほどに
女と文学
哲学と人生を語り続けた

悲しいどろぼう

境内を歩いていたら
びっくりして
手さげ袋へ「著莪《シャガ》」の花束を押し込んだ
初老の女がいた
知らぬふりをして足早に立ち去った
せっかく盗んだ花が折れはしないか

雑木を切っていたら
中年の男が現れて声をかけてきた
不自然なほど愛想がよい
手を休めて話をした
振り出しの釣り具を持っている
山での遊び道具だと言った

近くに高く伸びた「楤《タラ》」の芽がある
「不動さん」を拝むふりをしたり
水を掛けてみたり
いっこうに立ち去らない
そんなに欲しいのか
好きにしたら

知恵遅れの
「兄ちゃんおっちゃん」と呼んでいる男が
よく賽銭を取りに来る
今日も拾った「シケモク」を
火傷しそうなところまで
プカプカしながら
人が見ていようがいまいが
足早に
次々と賽銭箱を露骨に覗き廻る

花どろぼうのおばちゃん
「樒」どろぼうのおっちゃん
素直でかわいい
兄ちゃんおっちゃん

やっさんの詩《うた》

近くに気さくな「やっさん」と呼ばれる
おっちゃんがいる
やや赤ら顔で小股でパタパタ歩く
相手の顔を見すえて
一生懸命喋る
タバコもよく吸うが
酒もよく飲む

彼の奥さんとは
小学校の六年間同じクラスだった
魚屋の娘で
大柄なのに
いつもおっとりとした

目立たない女の子だった

「やっさん」は神戸の中学を出て
養子に入った
以来五十年
それこそ　包丁一本
魚をさばき
仕出屋をやってきた
休みの日は
一流の料理を食べに行った
ただの食道楽ではない
料理の仕方や味付け
盛り方や食材
いろんなものを研究に行った
凝り性で勉強家なのだ

その「やっさん」が
六十半ばで店をたたんだ
今は植木と盆栽三昧《ざんまい》
お寺や宮さんの世話に余念がない
毛筆の見事な字で「般若心経」を書く
今
原文の「奥の細道」を読んでいる
何でも興味を示す
誰にでも気さくに聞く
聞かれた者はたまったものでない

「やっさん」の根には
「俺は中学しか出てない」
「人は皆　師」の思いがある
だから楽しんで聞く
楽しんで勉強する

高校や大学出は
相当
勉強した者ばかりと思い込んでいる

これからも
まだ　まだ勉強するだろう
まだ　まだ聞きまわるだろう
かなわん「やっさん」である

しかし
愛すべき「やっさん」である

今を生きる

日本最後の源流
二百キロに及ぶ「四万十《しまんと》」の流れ

河漁師が舟を浮かべ
蜻蛉《とんぼ》飛び
螢舞い
鮎おどり
透ける川藻

山紫水明に育まれ
朴訥《ぼくとつ》に
素朴に女となった

その山河遠く
今
ネオンと喧噪《けんそう》の中
自らを飾り
刹那《せつな》の時を生きる

洗練された
都会の街と人
あふれる人々の流れ
そこには
泡沫《うたかた》の
夢と花がある

しばらくは
この束縛のない空間が良い
今だからこそ

自らを謳歌したい
たとえ
青い鳥はいなくても

不遜《ふそん》な御仁《ごじん》

多くの人の前で
喜々として
失言を繰り返した御仁は

今日は答弁を求められ
無表情に
ゆっくり
邪魔くさそうに歩く
顎を上げ
半眼でしゃべる

答弁とて
後ろから

資料や内容を渡され
うつむいて読むだけ
わざわざ
「お答えします」
前置きして
答えにならない答えを
少し

また
邪魔くさそうに
ふてくされて席に戻る

なんとまあ
傲慢《ごうまん》で
不遜《ふそん》な態度
これが

責任ある地位の人間か

彼はたいてい
女性を侍《はべ》らせた宴席では
饒舌に
満面の笑顔になるだろう

職場では
深々と椅子に反り返り
また
顎を上げ
半眼で
冷たく
事務的な対応をするだろう

金魚姫

私が勝手に
金魚姫と名付けている
娘たちがいる

容姿がよい
スタイルもよい
美しく着飾り
見事な化粧
イヤリング
ネックレス
マニキュア
颯爽と明るく
どんな男にも

どんな場でも物怖《ものお》じしない
しかし
誰も同じように見えてならない
時に
彼女等は
マネキンかなと思う

綺麗なガラスの
容器の中を
ヒラヒラ泳ぐ
金魚とだぶって見える
魚なのに
魚屋には見かけない
水族館でも見ない

やはり
金魚は金魚なのだ
やはり
川や海にはいないのだ

やはり
煮ても焼いても
食べる魚ではないのだ

寸時を惜しむ

五十年来の友人で
個性的な者がいる
彼は十才で母を亡くし
十二才で父を亡くし
ただ一人の肉親
祖父に引き取られた

その祖父は
小柄で温厚な僧であったが
修験者《しゅげんじゃ》のような人だった
奈良の山奥で
山頂を切り開いて「庵」を結び
「須磨」の山中に滝を見つけて

「庵」を結んだ

彼はその祖父のもとで育った
高校　大学は
高野山の宿坊でバタバタしていた
バタバタと落ちつかず
慌しいのは彼の持ち味であったが
周りの者まで巻き込んだ

声は大きい
人を罵る
それが度を過ぎる
だから友だちによく殴られた
けれど
みな重ねては殴らなかった
反撃もせず

ただ睨みつけるだけで
静かになったから

彼とは何度も旅をした
何処も静かな所であったが
のんびりとしたことはなかった

着替えは早い
風呂は早い
食べるのも早い
声は大きい
朝は早くから
枕元をバタバタ歩く
ものは落とす
ものは忘れる
その間に俳句を作る

長年　俳句を作り
素晴しい句がある
文章もなかなか達者である
絵も描く
歌も歌う

「奈良」「高野」「須磨の山」と
山ばかりに暮らした彼が
神戸の西
海に近い所に遷寺《せんじ》した
独力で寄付も仰がず
見事な寺を建てた

誇《そし》られたこともあった
何年も寝まきを着て

眠ったことがなかった
いつでも飛び起きて「お参り」に走った
謗《そし》りや批判をバネに変える

食生活は質素である
贅沢はしない
倹約家である
「弘法大師」を仰いでいる
何でも信仰に結びつける
年々　寺は充実していく

年をとったのに
相変わらず
バタバタ慌しい

父の励まし

府立高校を卒業して
幼稚園からの親友と
同じ職場で働いた
その時
一つ年上の彼と知り逢った
二十才の時
結婚を決意した
彼は
在日朝鮮人だった

父に話をしたら
「極道者はいかんが朝鮮人でも良い」
「頑張れ」と

励ましてくれた

彼は結婚後
三年で体調を崩し
働けなくなった
彼の家族と暮らしたが
帰化手続きに
一年半を費した
生活のため
収入の良い夜の仕事に就いた
子供はできなかったが
特に欲しいとは思わなかった

彼の両親も亡くなり
実の父も
高齢で今年亡くなった

満中陰には
古い　小さな家に
父の友人や家族
三十数人が寄った

今は
彼と二人きりの生活
たまに
趣味の登山と
自動二輪を走らせるが
大怪我もした

長年の夜の仕事であるが
言葉使いや態度
慣れて
擦《す》れるのに気をつけている

父の言いつけと
教えを胸に
自らを
律することにしている

四十をはるかに越えてしまったが
特に
嫌なことも
辛いこともない

己を叩く

バギーに寝たまま
両手に精一杯力を入れ
交叉したり
頬を叩く

彼に初めて逢った時
人気のあるウルトラマンの
真似をしているのだと思った

彼は眠っている時以外
常にそうしていた
それは
止めようとしても

止まるものではなかった
声も出さず
前を見すえて叩く

彼の頬骨はもり上がり
腫れあがっている

十数年
彼は
この動作をして生きてきた

頬を叩くのは
やめて欲しかった
自らを痛めつけるのは
やめて欲しかった

手を握って
止めようとしたことがあったが
彼は私を睨みつけ
より力を入れて
自らの頬を叩き続けた

私は辛かった
どうしようもなかった
彼の母は
私を慰めてくれたが
いたたまれなかった

なぜ
どうして

彼は

自らを叩き続け
何も言わず
短い生涯を閉じた

故郷の神

声に独特の響きをもった娘がいた
細かいビブラートのある声
天性のものだろうが
耳に心地が良い

田舎者だと言ったが
和服を着ると
際立って見えた
流行《はやり》に流されず
真黒な豊かな髪
色白で口元に黒子《ほくろ》があった
特徴のある目
博多人形を思わせた

二十五才と言うが
日本舞踊は名取り並で
水泳も堪能らしく
英語も自由に話す
きらびやかなイヤリングに
光輝く時計
なぜかネックレスはつけず
マニキュアもしない
日本酒を好み
タバコも変わった名柄
特に派手さもなく
静かに客や仲間と親しんでいた

どこかに育ちの良さを感じたが
以前はとんでもない性格だったと言う
先輩の姉さんに直されたと言った

結婚するつもりの彼とは
遠距離恋愛
たいした距離でもないのに
数ヶ月に一回しか逢わないと言う
来年ぐらいには結婚して
子供を産み
ごく普通の家庭に憧れると言う

その個性は
生い立ちと子供の頃の生活に
何かあったに違いない
「佛のふるさと臼杵《うすき》」の出と言い
一人住まいの狭い部屋に
故里の神さまを祀り
毎日水だけは必ず供えると言う

祖父母の写真にも
毎日手を合せると言う

愛妻

髪の毛を後ろに垂らし
着物でもなく
服でもなく
作務衣でもなく
モンペでもなく
独特の服装で来る
父の友人がいた

酒を飲んでは
大声で喋っていた
「唐木《からき》」専門の
腕の良い指物師《さしものし》らしかった
誰憚《はば》からず罵声を発し

遠慮というものを知らない人だった

絵も描いたが
皆からボロクソに言われていた
ただ
蟹の絵だけは認められていた
だから
蟹の絵ばかり描いていた

その人はいつも
摺り切れた
紫の袱紗《ふくさ》に包んだ
奥さんの位牌を懐に入れていた
所かまわず
その位牌を出して
大きな声で話しかける

美味しい物を食べたら
お膳の上に位牌を置いて
「おい　これうまいぞ　お前も喰え」
美人がいたら
「おい　えらいべっぴんやろ」
「お前には負けるけどな」

旅行でもしたら大変だった
車内で窓に位牌を押し付け
「おい　雪降ってるぞ」
「おい　ええ景色やろ」
「おい　今日の海は波高いぞ」
「おい　菜の花一杯やぞ」
乗客はみなニヤニヤ笑っていた

温泉にも岩の上に

位牌を持ち込んで
「おい　ええ湯やぞ」
「おい　背中流したろか」

位牌は禿げて
戒名も何も読めない

寝る時も
枕元に置いて
大きなイビキをかく

奥さんに逢ったことは無かったが
一度だけでも
逢ってみたかった

唐木　紫檀、黒檀、タガヤサン等の輸入材
指物師　木を組み合わせて道具などを作る職人

お供え

昔々
ある村のお寺に
一人のお尚さんがいました

ある日
お尚さんは
寺男にお供えにするお酒を
買いに行かせました
寺男は
「池田」でお酒を買い
「五月山」の
中腹までやって来ました
坂はきついし
お酒は重いし

見晴しの良い峠で
一服しました

横に置いた
お酒の壷からは
とても良い匂いがしていました
寺男は
栓を抜いて
匂いをかいでみました
あたり一面
お酒の良い匂いが立ち込めました
寺男はたまらず
そばの木の葉を取って
二〜三滴
葉に落とし
その場で本尊さまに

お供えをしました

そして
その葉を舐めてみました
その味は格別でした
寺男は
悪いこととは知りつつ
壷から
ひと口飲んでしまいました

何くわぬ顔をして
帰って来た寺男は
お尚さんにお酒を渡しました
お尚さんは寺男に
「本尊さんは『五月山からお供えしてもらった』
言うたはるで」と言いました

寺男はびっくりして
真青になりました

寺男はそのことを
村中に言い振らしました
村人は
怖がり気味悪がりました
「何でも見られてる」
そんな噂が
一度に広がりました

そのことを耳にしたお尚さんは
村人を不安がらせる
怖がらせると思い
行き先も言わず
その村を出て行ったそうな

輝く紋

〃我が筆の運びに熱き目をこらす
夜間生徒の白髪たちたる〃

〃したためし初めての手紙われに見せ
母なる生徒の頬の輝き〃

廊下に
教師の誰かが詠んだ
短歌が貼ってある

夜間中学の卒業式に
まねかれたことがあった
年配の五人の卒業生であった

四人の女性と
一人の男性

多くの来賓と教師に囲まれ
前の黒板には
ふりがなをふった
式次第がチョークで書いてあった

私が教室に入った時から
ずっと目に止まっていた二人の
卒業生がいた
共に白髪《しらが》の女性
着物で
黒の紋付の羽織を着ていた
白く染め貫かれた紋が
目に染みた

彼女たちが長年
社会と
教育の谷間に生きた背に
白い紋は眩《まば》ゆかった

その頃
中学の入学式や卒業式に
紋付の羽織を見ることはなかった

義務教育すら終えていない彼女らは
晴れの卒業式に
日本伝統の
最高の礼服
紋付の羽織で臨んだ

彼女らの胸に
去来するのは何か
その紋付に
熱いものを感じた
彼女らの思いを感じた
彼女らの過去の人生を感じた

熱い男

ずっと
障害児教育に係わった友人がいる
木工　栽培　飼育　手芸
生産から販売
はては　当時
就学猶予　免除の名のもと
在宅を強いられていた
重度重複の子供たちの
就学すらなし得た

全国的にも注目を集め
冗談半分に
「障害児教育の父」とも冷やかされた

何でも
やり出すと燃える
熱く語る
説得と誘いが熱い

しかし
いたって気さくで
気の良い男

その彼が
一段落した時
突如　退職した
挫折したのではない

自宅を売り払い

家族六人で
南の島
「石垣」へ移住した
身よりも知人もない離島で
半年ほどブラブラしていた

やがて
民宿と土産店を開き
それに精を出した
また　燃え出した
そして
効率の悪い民宿を閉じ
土産店一本にしぼった
「石垣」「西表」「由布島」と次々出店
本店は広大な店であった

彼は
もともと商才があった
加えて燃える
行動力がある
物怖《ものお》じしない

今度は
「由布島」の小さな店だけを残し
不動産業に切り替えた
兎も角
変わり身が早い

今は
ほとんど人に任せ
「西宮」で悠々と暮らす
ガツガツはしていない

頼まれもしないのに精を出す
「有馬」の下に土地を買い
同窓会の名のもと
かつての「障害児学級」の卒業生と
農作業に汗を流す
夜は自ら料理をして
みんなと飯を食う
料理も自信家である

常に何かに燃えている
思い立ったら
世界中どこへでも出かける
オーロラだけを見に
極寒の地へも行った

障害者と健常者の

一大プロジェクトを
計画したこともあった
無農薬野菜や椎茸栽培
地鶏や地玉子
肥料や農園
いろんなものを計画したが
今は冷めている
熱くなるわりに
すぐに冷める
冷静なところもある

「酵素」にも熱いが
断食道場だけは
何年も続けて行っている

その彼が

最近大人しくなった
あれほど強かった酒も
酔いが早い

「消極的になった」と言う

燃え尽きたのかも知れない
燃える男も
齢には勝てぬ

墨染の門出

兄は
高校に入学したが
一学期で中退し
妹は
高校に合格したが
入学はしなかった
共に
中卒の学歴で仕事に就いた
母は
生活のため
ひとり水商売に精を出し
体調を崩していた

継父が来たが
頼りにはならなかった
兄妹は
祖父母のもとへ移った

ほどなく
母のもとより継父は去った
改めて
母子三人は共に暮らした
睦まじい家族であった

妹は
若くして男の子を産んだが
相手は去った
四人になったが
睦まじさは変わらなかった

しかし
母の気持ちは晴れなかった
負《ふ》の遺産が続くのが

母子は実直で
誰にも
恨みや憎しみを持てなかった
善良な家族であった

兄は常々考えていた
僧を目指すことを
宗教心と信仰心が厚かった

かつて
祖父に見せられた
先祖の系図と話

それが頭から離れなかった

代々
土佐藩の上代家老であったこと
藩主とは
嫁や婿のやりとりをする
濃い親族関係にあったこと
明治以後
瓦解と零落はしたが
常に誇りを感じていたこと

そして
兄は二十七才にして
慣れ親しんだ名を
僧名に改め
母と

小学生の甥を連れて
高野山の得度式に臨んだ

それは
兄にとって
晴れの門出の姿であった

お鯉さん

東京　新橋の売れっ子芸者
「お鯉さん」は
象とライオンの鳴き声で
寝つかれない
横で「桂太郎」は
豪快にイビキをかいている

来阪のたびに
「太郎」は「お鯉さん」を伴なった

関西の奥座敷
箕面の山腹に
遊歩道と観覧車と

動物園が造られ
「松風閣」と名づけられた
凝った建物があった
政財界の社交の場になっていた

「お鯉さん」の部屋があり
香を焚いて
抹茶を点《た》てて
「太郎」と共に過ごした

春は桜と新緑
秋は紅葉と絶景
すばらしい時間であったが
動物の鳴き声と
糞尿のにおいには困った
だから

自分の部屋からは
あまり出なかった

けれど
楽しかった
嬉しかった
箕面が好きだった
何度も来たいと思った

お鯉さん　本名 安藤 照
自著『お鯉物語』『続お鯉物語』

桂太郎　軍人、政治家、公爵、三度の首相

骨を喰う

火葬場の
トロッコ台に横たわる白い骨を
彼は
指先でつまんで
口元へ入れた
カシャカシャと乾いた音がした
「お前もこんなになってしもうて」
人前も憚《はば》からず
顔や胴
手や足の骨を食べた
皆　黙って見つめた

静かで優しい

気のつく奥さんだった

彼は元近衛騎兵
凛々しい馬上の写真を見たことがある
老人の面影はまだない彼も
頭は薄くなり
やや小肥りしたが
さすがに凛としたところがあった

どの地方の習慣なのか
それとも
長年を共にした愛情なのか
涙と共に口にする
彼女の骨の味は

彼女は

元近衛騎兵の骨となって
今日から蘇《よみが》える

嗟《たっ》嚫《しん》の詩《うた》

またな！

体調が悪いようだと聞いて
先月　見舞に行ったら
居間でテレビを見ておられた
いつものハツラツとした様子はない
いかにも老人になられた

ひと回り程上の
世話になった老僧

すぐに帰るつもりが
子息の住職が寿司をとってくれた
本人の前で

「最後の晩餐になるかもねえ」
ひとつ　ふたつ
ゆっくり食べられた
私の為に
無理をされているのが解った
高校の先輩である奥さんは
明るく
さりげなく
「今日はよく食べますねえ」
三人の心遣いに胸が痛んだ

半年前
住職を譲られた
寺を護りながら
中学の教師を続け
校長を最後に退職

そして
長年の教誨師としての叙勲

元気な人だった

昔
「高野山の由井正雪」と言われた人
共によく飲んだ
共によく食べた
共によく語った
本当によくしてもらった
別れ際
手を挙げて
「またな！」がいつもの挨拶

癌を患われていることは知っていたが
去年の春さき

「これからが最後の布教や‼」
なるほどと思った
理解できた
見届けたいと思った

昨日
子息からの電話
「二〜三日が山場らしいです」
飛んで行った
二まわりも三まわりも小さく見えた
しかし
頭の冴えは並ではない
約束したこと
人の顔
受け答え
二〜三日が山場の人には思えなかった

別れ際　握手して
いつものように手を挙げ
「またな！」

明くる日
亡くなった
「またな‼」から十数時間
見事であった
流石《さすが》であった

噬嚫　　　追善、捧げるもの
教誨師　　刑務所へ出向き囚人に教え諭す篤志者
由井正雪　江戸初期の兵学者、門人五千人
　　　　　倒幕を計画したが自刃

豪の者

ガレやドーム　ナンシーなど
フランス　アール・ヌーヴォーの
高価な美術品を収集している彼は
女性下着のトップメーカーの
専属デザイナー

一時
際立って羽振りが良かった
ナイトキャップや
ポシェットが専門
仕事や趣味とは裏腹に
大柄でごつい顔
チリチリのパーマをあて

派手なネクタイで
大声のうえ
ガニ股でのし歩く

明らかに
怖い世界の人を思わせた

九州生まれの
柔道家を自称し
「嘉納治五郎」をこよなく尊敬していた
下着はフンドシで
柔道衣にオーデコロンを振る
疑問や不審なことがあると
講道館へ単身乗り込む

兎も角

豪快なことが大好きで
凶器を持った六、七人を相手に
柔道護身術の形を打つ
審判をすると
道場に響き渡る声で
ゼスチャー一杯に判定する

カラオケは
男気たっぷりの演歌
所かまわずマジックも披露する

フランス語は話せないのに
一人でパリ郊外や地方に出かけ
手振り身振りで
ガレやドームを買って来る

フランス人夫婦のシェフを雇い
北新地で
フランス料理店を計画した
オープン前日
一階の
焼肉店の煙と臭いに
クレームをつけやめてしまった

結婚は何度もしたらしい
別れる時
全部　奥さんにやってしまう

何人めかの人には
寝ている間に
柱越しにロープで
首を絞められた

気がついた彼が
目をむいて睨みつけたら
奥さんは悲鳴を上げて
逃げていったらしい
捜し出して
また
全財産をやってしまった

最後の奥さんは
子連れだった
その娘を可愛いがっていたが
ゴリラ　ゴリラと言われていた
毎月五十万渡す約束で
結婚したが
仕事が少なくなり
収集したものを安く売っていた

最後には
「田七人参」を売っていたが
ある時から
一切の消息を断った

信州の「北澤美術館」で
警備員をしているとか
温泉旅館で下足番をしているとか
いろいろ噂はあったが
どれも本当ではなかった

どこかで
やはり豪快に
生きていて欲しいのだが

アール・ヌーヴォー　十九世紀ヨーロッパに興った新芸術
ガレやドームはガラス作家

北澤美術館　長野県、ガレ、ドーム、ナンシーなどの
ガラス作品を多く所蔵

金のライター

中学から高校への進学率が
九十数パーセントもある中
ごく少数
就職する生徒がいた
その生徒たちは
成績が悪いとは限らなかった
ほとんどは
家の事情や経済的理由であった

私のクラスに
偶然
二人の就職希望の女生徒がいた
二人とも

成績は中以上で
真面目な生徒であった

一人は
父が病気で寝ていた
母は看病と家事に追われていた
兄も中卒で就職していた

もう一人は
父親だけで
作業員の仕事をしていた

「母は雪の降る日
私と妹を置いて出て行った」と
淡々と話した

親や本人に
何度も説得を試みたが
二人は
自分の置かれた状況を
よく解っていた
あまりにも健気《けなげ》すぎた

ある時
何げなしに言った
彼女の言葉が胸に刺さった

「先生　私らみたいなんがグレても
おかしないんよ」

グレる寸前で止まっていることが解った

二人は卒業と同時に
「市」の特別枠の
「理科助手」の仕事に就いた
理科の実験や準備
片付けなどの仕事で
定時制高校に通うことを条件にしていた
四年後は本庁勤務も可能だった

五月の連休が明けた頃
二人がやって来た
リボンで飾った小さな箱を
私にくれた
中には金色に輝く
ライターがあった

「先生に使ってもらおう思って」

初任給で買ってくれたのであるが
言葉が無かった
その場で
何を言ったのか思い出せない

ありがたさより
申し訳なさで一杯であった

安寧《あんねい》を祈る

「背むしのお尚」と
村人から親しまれ
愛されるお尚は
何でも自分でやる
何でも自分で作る
本尊へのお供え物も
お堂の花も
自らの食べ物も

米や調味料は村人がくれた
着るものも村人が縫ってくれた
だから金銭はいらなかった

雨の日は　いつも
手刷りの「お札」を刷っていた
お尚はいつも忙しく
前かがみで動いていた

正月には
何日も拝んだ手刷の「お札」を
一軒　一軒に届けた
お尚は
村人の安寧を
いつも願い
いつも祈った

子供たちもみんな寺で遊んだ
夏の蝉とりは
お尚の背中が踏み台になった

行事の時は
家のことなどほっておいて
村中の者が手伝った

何回も
嫁の話もあったが
お尚はいつも
「こんな体ですから」と断った

お尚がどこの生まれなのか
「高津の生玉」から来たぐらいで
何も知らなかった
お尚の人柄から
そんなことは必要なかった
お尚も話さなかった

しかし
お尚にはひとり娘がいた
寺には出入りはしてなかった

お尚が亡くなって
三十年以上も経った或る日
その人は
一人　寺を訪れた
初老のその人は
整体師をしていた

お尚の墓前で
ひざまずいて
長いお経をあげ
静かに帰って行った

孤高の僧

戦後まだ物のなかった中
大和は法隆寺の門前で
何匹かの野良犬が死んだ

有るはずのない
饅頭が門にあった
警察の調べで
「猫いらず」の毒が入っていた
風評は瞬く間に
尾ひれが付き
「毒饅頭事件」と報道された

そして

法隆寺執事長が逮捕され
拘置された
聞き込みで
ただ
彼が前日門前に居た
それだけのことであった

取り調べは何日も続いたが
彼は何もしゃべらなかった
彼は
人一倍誇り高い僧であった

やがて嫌疑は晴れたが
彼は法隆寺を去った
すでに五十に近く
妻帯はしていなかった

彼には二人の師があった
一人は京都　清水寺の大西良慶《りょうけい》
一人は奈良　法隆寺の佐伯定胤《じょういん》
共に日本を代表する名僧であった
二人の師は
膝を交えて慰留した
しかし
彼は意志を貫いた

彼は
元大和郡山藩主
柳沢家の家老職の末裔であった
維新後
零落した家は生活に困窮した
兄は大阪の寺へ

彼は京都　清水寺へ
それぞれ幼くして入寺した
清水寺には多くの小僧がいたが
法隆寺にはいなかった
二人の師の親交は厚く
幼い彼は荷車に乗せられ
法隆寺の佐伯定胤にもらわれた

師は「まほろばの僧」と呼ばれ
全国から
各宗の学僧が集う「勧学院《かんがくいん》」で
「法相学《ほっそうがく》」と「唯識学《ゆいしきがく》」を教えていた

彼は四十数年
師に就いて
あらゆることを学んだ

法隆寺の隅から隅まで解っていた
各宗派の学僧の世話もした

法隆寺を去った彼には
宗派を越えて誘いがあった
しかし
彼は拒んだ
奈良の地にこだわった
それは
先祖の眠る地と
四十数年育まれた地であったからだ

やがて
奈良の片田舎に
廃寺になっていた
「小野妹子《おののいもこ》」ゆかりの辻堂に住みついた

多くの知人　友人は惜しんだ
そこでも彼は
誇り高く生きた

奈良盆地の底冷えする朝
彼は
八十六才の凛とした
誇り高い生涯を
静かに閉じた

大西良慶　奈良生まれ　清水寺貫主　法相宗管長
法隆寺「勧学院」一期生
佐伯定胤　奈良生まれ　法隆寺貫主　法相宗管長
帝国学士院会員　東大、京大講師
まほろば　大和にかかる枕ことば
四方山に囲まれた中央の秀れた土地
小野妹子　二回に渡る遣隋使

お琴さん

それは
大正四年の秋
箕面の渓流ぞいに
五十軒を超える
料理旅館が賑いを見せ
その中でも名門とされた
「琴の家」の座敷

十五年ぶりに帰国した
まだ　三十九才の
「野口英世」と母「シカ」の姿があった

大阪帝国大学医学部の教師たちが開いた
歓迎の宴席であった

「野口英世」はすでに
世界的に知られていた
母「シカ」は猪苗代湖から
草鞋《わらじ》でやって来たという

大阪南地の
有名芸妓が
一世一代の舞いを舞った

しかし
母も子も
舞いは見ていなかった
隣りに座った子は
ずっと
母に料理の説明と
体を気遣い

親不孝を詫びていた

みな
その姿に熱いものを感じた

後に
女将になった「お琴さん」は
涙が止まらなかったという

その思いを
温めていた「お琴さん」は
孝行ぶりと
彼の功績を誉え
銅像建立を思い立った
私財のつもりであったが
個人で建てるのはよくないと

小学生たちに呼びかけた
彼の孝行ぶりと
偉大さを
後に伝えるために

銅像は
荷車に乗せられ
長い綱を
小学生たちが引いた

今日も
渓流を臨む
「琴の家」の上
若くして黄熱病に倒れた
試験管を持つ
博士が立っている

軍医の母

二十五才の松島大尉は
昭和十九年の秋
軍医として
敗戦濃い東支那海を
沖縄前戦へ配属された
辛うじて着任したその地には
既に戦力は無かった

明けて昭和二十年
一五〇〇の米軍機と
一四〇〇の船艦に包囲される島となった

司令部を脱出した彼等は

最南端の摩文仁の丘に行きついた
学徒　軍人　県知事と自決は続いた
六月二十三日
摩文仁断崖で
牛島司令官
長参謀の自決を見届けた
彼等六人の将校は
近くの窪地で
錨の白い盃で
最期の別れを告げた

以来十六年
六人の若者は
雨に打たれ
風に晒《さら》され
白骨となった

昭和三十六年の年の暮れ
本土から来た遺骨収集の学生に
盃と遺骨
「松島」の印鑑は収集された

東京にいた彼の母は
すでに七十を越え
老境の身であった
次男の遺骨と遺品を手にした母の頬に
大粒の涙が流れた

やがて
次男の着物と袴
万年筆と時計
硯とカバンを風呂敷に包み

母は学生達を訪ねた
それらを身につけた
学生の一人ひとりを眺め
また
母の頬に大粒の涙が流れた

無《む》垢《く》清《しょう》浄《じょう》光《こう》

奈良市内とはいえ
人里はなれた山裾に
ひっそりと佇む
臨済宗の尼寺

掃き清められた境内に
十六弁菊の寺紋が
いっそうの静寂と格調を示す

明治まで
十五万坪の境内と
三百石の寺領を有した
格式高い門跡寺院

産室より
旧子爵家を転々
ここに
僅か
五才で入寺した幼女は
二十四才で
第十世の門跡に就いた

生涯
学校教育は受けず
夏四時
冬五時の起床
質素な精進食で
佛学に励んだ

数人の尼僧と
犬と猫の日常
「御殿《ごてん》」と呼ばれはしたが
まさに
狐狸《こり》の里

出世以来
父も母も知らず
本尊の「観音さま」を母と慕い
お家流と言われる
有栖川《ありすがわ》流の書を書き
野山の花を活ける

月二回
東京へ出向き
各宮家

妃殿下十数人に
花を教える

大正天皇と貞明皇后の実子として
生を受けながら
双子を蔑視《べっし》する
当時の俗信と弊習《へいしゅう》に
翻弄《ほんろう》された生涯

宮家の来寺はあったものの
清楚な草花を
素朴に活ける生活と
「観音菩薩」を母と慕う中

百日紅が零《こぼ》れ
夏椿が落ちる日

楚々として
静かに
静かに
八十才の眠りについた

無垢清浄光　門跡が好んで揮毫したことば

生き方を問う詩

吉田叡隆氏は、先日まで真言宗西江寺住職として、日夜仏と会話していた身であった。先年その役目を辞して、今は晴耕雨読の身。

この度二冊目の詩集『にんげん曼荼羅』を上梓されることになった。

氏の教養、人間性は、凡人の域を超えた人だけに、その詩心には、仏教の祈りがあり、現実の生き方のなかで、歴史ある西江寺を背景に培われた作品といえよう。

市街地から遠く、大阪の街を見渡す地で、長年教師、僧侶を身をもって生きてこられた。

仏教の世界は、我々市民の日常とは異なるだけに、心に潜む想いは簡単にうかがうことはできないが、氏はそうした市民感覚も併せ持って、詩作で告白して、現代詩に生々しい人間性を示されている。

詩が、市民感覚のなかで生まれ、多くの市民に理解されてこそ、詩精神が生きることを示そうと、踏ん張っておられる様子が解るようで、是非多くの人に読まれることを願って已まない。

平成二十七年二月

佐藤勝太

あとがき

「さすらい」は雑感であるが、「東北に祈る」は不思議と思いが強い。

阪神大震災には知人の犠牲や被害も多く、自らも体感し、現地へは何度か訪れた。

被害や犠牲の大小でもなく、時間が経った経ってないでもなく、やはり、東北への思いが強いのはなぜか。

津波のせいなのか、原発のせいなのか、いまだに整理ができていない。

「にんげん曼荼羅《まんだら》」は伝えておきたい人々がいる。

「にんげん」を観察し、洞察し、分析する。

これほど興味深いものはない。言葉の一端や、僅かな行動の水面下に、生い立ちや思想、人生や人柄を垣間見るからである。

悪趣味と言われれば、まさに、そのとおり。

しかし、千人には千人の個性と人生、千人の詩が生まれる。

自分もまたその一人であり、語っておきたい人があり、伝えておきたい人がある。

何十年の付き合いの人も、一期一会の人も、心に残る人達をアルバムの一頁に詩《うた》っておきたい。

「曼荼羅」は密教の宇宙観や世界観の図式であるが、人間社会の図式でもある。

どこに座標を置き、どこに立ち位置を決めるか、私自身の勝手な美学と感性の産物であるが故に、極めて独断と偏見に満ちている。

五十四篇は、百八の半数であるが、煩悩が半減したのではなく、凝縮したのかも知れない。

この度、また、日本文藝家協会、日本詩人クラブの佐藤勝太氏に過分なる跋文を頂き、恐縮の至りであり、竹林館社主、左子真由美氏には何かとお手数をおかけしたことに心より感謝を申しあげる次第である。

平成二十七年　弥生

碧庵　吉田叡隆

吉田 叡隆（よしだ えいりゅう）

大阪府箕面市生まれ
高野山大学文学部東洋哲学科卒業
高野山真言宗　箕面聖天 西江寺　名誉住職
華道南宗流　第五世家元（花号　碧泉）

既刊著書　詩　集『乱視のつぶやき』（2011 年　竹林館）
　　　　　華道解説書『自然をいける』（2011 年　竹林館）

現住所　562-0001 大阪府箕面市箕面 2-7-98

吉田叡隆詩集　にんげん曼荼羅

2015 年 5 月 1 日　第 1 刷発行
著　者　吉田叡隆
発行人　左子真由美
発行所　㈱ 竹林館
〒 530-0044　大阪市北区東天満 2-9-4　千代田ビル東館 7 階 FG
Tel　06-4801-6111　Fax　06-4801-6112
郵便振替　00980-9-44593
URL http://www.chikurinkan.co.jp
印刷・製本　㈱ 国際印刷出版研究所
〒 551-0002　大阪市大正区三軒家東 3-11-34

ISBN978-4-86000-307-4 C0092

定価はカバーに表示しています。落丁・乱丁はお取り替えいたします。